푸른 **별**의 역사는
푸른 **글씨**로 쓴다

푸른 별의 역사는
푸른 글씨로 쓴다

박병대 시집

불교문예

푸름이라는 화두話頭 짊어지고 산책했다

자연의 모든 푸름으로 감성이 눈뜨고

윤회하는 계절 따라 생멸生滅의 자취를 더듬었다

생명도 그리움도 삶의 고단함도 푸름 이었다

당신의 푸름은 무엇으로 다가오는 가

꽃은 푸름이 있어야 아름답고 향기롭다

푸름으로 피어날 꽃들이 계절 따라오듯이

당신의 계절에도 백화만발百花滿發하기를 바란다

영락헌靈樂軒에서

박병대 합장

|차례|

■ **시인의 말**

1부

반달과 나   012

양귀비   013

낙타   014

축축한 밤의 랩소디   016

개똥   017

피꼬막   018

적송 괴목을 다듬으며   020

정릉   022

정릉천 1   024

정릉천 2   026

어느 화가의 작업   027

나비완두차   028

호랑나비   029

비둘기 1   030

비둘기 2   032

2부

시나위 034

한 사람 036

묵언의 눈빛 037

까망과 하양 사이 038

푸른 별의 역사는 푸른 글씨로 쓴다 040

하루의 역사 041

폭우 042

태풍 044

열대야 045

목로 위에 누워 술이 된 사내 046

나는 아방가르드 048

보릿고개 049

노루궁뎅이버섯 050

산책길 051

봄 풍경 052

3부

봄의 수채화   056

볼 때마다   057

봄의 노래   058

꽃이 부신 날   059

꽃을 보면 그립다   060

폭탄 되고 싶어   061

나비와 춤을   062

나비의 외사랑   063

봄의 왈츠   064

가을에는   065

가을 메시지   066

가을밤   067

가을길   068

떨어지는 낙엽 보며   069

낙엽의 길   070

4부

갑갑 답답 확 072

찬란한 밤하늘 074

기억 뒤지기 075

COVID 19 076

몽월夢月 079

아버지 080

BTS 아리랑 연곡 082

길 4 084

어둠이 하늘 지웠다고 085

곤여坤輿 086

흙 087

규정명제規定命題 088

생일 089

겨울나무 090

회자정리 092

■ 해설 | 시나위 선율의 열정과 유유자적 094
— 이민숙 | 시인 · 샘뿔인문학연구소장

∴ 1부

반달과 나

초저녁 반달이 내려다본다
초저녁 반달을 올려다본다

무슨 말을 들은 것도 같고
무슨 말을 했던 것도 같다

반달은 나의 말을 더듬었고
나는 반달의 말을 더듬었다

서로의 말은 어둠에 물들어
그냥 바라만 보다가 무심하였다

사랑한 것도 같고
사랑했던 것도 같다

양귀비

반달의 춤으로 나풀나풀
대낮의 환한 눈부심에 붉은 마음 피어
여린 바람에도 맑은 빛으로
타오르는 정열의 화신 이다

씨방에 품은 뽀얀 순결의 절정
모든 것 내던진 정열의 사내가 빨고
밤하늘에 떨리고 있는
환각의 달을 보고있다

뜨겁게 타오른 사내의 봉두난발은
풀어헤쳐 펄럭대는 옷자락과
미리내 흐르는 수밀도 향기에 젖어
출렁이는 환락의 눈 뜨고있다

시간이 흐를수록 희미하게 멀어지는
양귀비 잡으려 절절히 애끓다 남은
잔재마저 적멸하여 스산한 허공에는
중천의 보름달이 빙그레 웃고 있다

낙타

덩치는 커도 싸울 수 있는 무기 없어
포식자 피해 허둥지둥 도망하는 것이
생명보존의 유일한 방어였다
순한 초식동물은 전쟁을 싫어하여
평화의 땅 찾아 모래바람 불어오는
건조한 열사의 사막에 가야만 했다

극심한 더위와 추위를 이겨내며
살기 위해 가시 돋친 식물 먹어야 했고
물 찾아 여러 날 헤매야 했고
눈과 코에 날아드는 모래 막아야 했고
덥고 추울 때 맞춰 체온 조절하며
먹지 않고 많은 날 걷는 지구력도 있어야 했다

극기로 진화하여 정복한 사막은
달릴 수 있어도 걸어야 산다고
어슬렁 넘어가는 모래언덕에서

순한 모습의 인간을 만나
평화롭고 평등하게 살 수 있겠다고 믿었다

짐 지우면 짐을 지고
올라타면 등에 태워 사막 건너는
노예임에도 노예인 줄 몰랐고
젖 짜면 젖 주고
오줌 받으면 오줌 주고
마른 똥 걷어 가면 똥 싸주고
고기, 가죽, 털마저 모두 주는
가축임에도 가축인 줄 몰랐다

축축한 밤의 랩소디

적막한 고요에 꽂히는

빗방울 연주 포근한 어둠

정에 젖은 영육靈肉의 환희

감미로운 카타르시스의 향연

겍다리 가로등 길 밝히고

흐르는 빗물 밟고 차르르 달리는 바퀴

빛 품고 흐르는 빗물

청청한 생명 살리라고 기도하며

고향 장 닭 홰치는 소리 기억하는 첫 새벽

빗소리에 안기고 싶어 집을 나선다

어두운 골목길 비 젖은 은하수 밟으며

세레나데 노래할 창문 찾다 돌아와

축축한 옷 벗으며 직녀를 생각 한다

개똥

외돌아지는 속내 감추고 다가서는 것들
아름답다고 홀로 취해 눈물도 보였었지
검불처럼 쓸쓸해진 믿음에
바람도 찾아와 가슴에 머물렀지

마음 붙일 곳 없는 줄 알면서도
마음 붙일 곳 찾아가는 나비
아름다움을 탐닉하며 떠도는 것은
끝없이 아름답고 싶은 욕망이지

사람 똥에서 사람냄새 나지 않는
현학玄學의 공간 날아다니다
나비는 개똥에 앉아
개냄새 난다고 나접나접 짖고 있었지

피꼬막

뻘 속 들물에 한숨 들여
날물에 거품 같은 날숨 실어 보낼 때
별 하나 파고들어 주름 골내면
아파서 우는 피눈물이 고였다
피눈물 흘리지 않고 살아있는 것들 어디 있으랴
찢기는 상처에 솟아나는 붉은 피가 삶의 열정이었으니
절망 딛고 일어서는 뻘 같은 삶

아름다움으로 노래하고 싶어
피곤한 몸뚱어리 달래고 싶어
속정 키우며 둘러앉아 마시는 술
스티로폼 접시에 조리된
붉은 피 까무룩 사라진 통통한 속살
입 가득 채워진 피꼬막을 씹는다

가끔 허허허 너털웃음 웃으며
씨알머리없는 말도 툭 내뱉어

죽일 녀석 되어 우물우물 씹는다
죽일 녀석 되어도 다독여 주는
따듯한 사람 있어 술 노을이 허허허
죽을 녀석 죽지 못하고 가슴에 심는 씨알머리
피꼬막 거름 되어 움 돋는 날 오려나

적송 괴목을 다듬으며

전기톱에 요란하게 잘려나갈 때
혼절의 비명으로 잠든 아픔
서로 기대어 동병상련하자고 모셔왔다

벌레가 뚫고 들어간 구멍도 여기저기
몸 안에 들여 육보시 설법으로 키웠던 생명은
아이의 천진한 웃음소리였을 것이다

결 지은 수피 벗기며 푸른 세월로 가자고
새 생명 만들어가니 황톳빛 속껍데기는 휘황하여
동굴 속 면벽수도하는 고승의 속내 같았다

드러난 속살에 깊이 박힌 멍은
오래 하는 사포질에도 지워지지 않는
마음의 자화상이었다

허공에서 몸 접어 낮은 곳 향하던
아픔덩어리의 당찬 몸말이
환생한 지상에서 아픔의 형상이 되었다

정릉

정릉 마당은 햇빛 없는 밝음이었다
날아온 까치 촐싹대며 꽁지깃 까딱거리고
태풍 지나간 잠든 바람에 단잠 자는 나뭇잎
왕사王沙의 신음이 발밑에서 뿌드득거린다
서넛의 여인네 웃음소리 봉분으로 날아가니
외로운 신덕왕후 번쩍 눈뜨는 소리가 났다

돌아앉아 교교히 흘러 낙차하는 도랑물 바라보니
가는 길 묻지도 않고 하는 이야기
귀 기울이니 낮은 사랑을 하라고 한다
낮은 생명 보듬고 맑은 숨 쉬라고 한다
슬퍼지면 저처럼 노래하라고 한다
평생의 부끄러움이 도랑물처럼 밀려왔다

도랑 건너편 석벽에 눈 맞추니
돌 위에 앉은 돌이 윗돌 받침 되어
받침이 받침으로 결속된 돌들은

형이상학과 형이하학을 한 몸에 지닌
아름다운 믿음과 신뢰의 인드라망이었다
발아래 개미는 어디론가 가고 있었다

정릉천 1

너덜겅 물길 낙차 하는 곳마다 몸 보시하여
허공에는 생명 살리겠다는 물 몸의 아우성
물줄기 음성은 저마다 다르고
부유하여 합체된 소리는 한소리다
낙차 하는 곳마다 멈추어
보며 듣고 눈감고 들으며
물소리와 함께 날갯짓한다

정릉천 생명의 하모니

쏴르르 꿀럭 꿀꾸럭 꿀럭꿀럭 꿀꾸럭 구르륵 꿀꿀꿀

조르르 졸럭 졸졸 조르럭졸럭 조르랑 졸졸 졸럭졸럭

졸락졸락 졸졸졸 조르락 올랑졸랑 졸졸 조르락 졸락

조르랑 졸졸 졸랑왈랑 와라랑 왈랑 올랑졸랑 조르랑

꼬르르 꼬륵 꼴렁꼴렁 꼬르렁 꼴꼴 올랑올랑 오르랑

쏴아아 쏼락쏼락 쏴라락 쏴아 꼴락올락 쏴라락 쏴아

조르룽 조렁조룽 졸렁졸랑 조르렁 올랑 졸랑 조르락

꾸르르 꾸르럭꿀럭 꾸르럭 꿀꿀꿀 꾸르르 꿀럭 꿀럭

둠벙에서 잉어가 유유하다
물에 앉은 노을은 저물어 가는데
이끼 앉은 바위는 오고 가는 물에 무심하다
무심히 솟은 인수봉이 무심하듯이
유심한 것 같아도 자세히 보면 무심인 것을
무심한 세상은 무심하게 보더라도
생명 살리는 아우성에는 아우성이 되어야 한다

정릉천 2

북한산 계곡 향하는 너덜겅 천변길
찾아가 다가서야 우리라는 색깔이 입혀진다
지천에 돌멩이만 옹기종기 모여 있는 것은 아니다
잘망잘망 모여앉아 얼굴 내민 파릇한 풀
서로 기대야 살 수 있음을 알고 있다
참새, 오리, 쇠백로, 직박구리, 고양이, 버들치
무릉도원 복사꽃 날리듯 보내는 한 때
물줄기 거슬러 오르는 시궁쥐 한 마리
도둑걸음하는 고양이 몸짓이 조심스럽다
유영하는 버들치배래기 반짝이고
정릉천 따라 오르내리는 오리
부리방아 찧으며 버들치 잡으니 사찰의 범종이 운다
육보시로 사는 생명의 자맥질에
파노라마 동심원이 범종 맥놀이 하듯 퍼져간다

어느 화가의 작업

평촌 아트센터
포도예술제 전시회 오프닝
작가들 앞에서 단소 불며
한풀이 한 자락 했다

영원을 상기하는 기억
오늘의 순간도 박제되어 남을 것이다
숨 쉬고 있음을 잊지 않아
고통의 푸른 멍으로 일어서나보다

무아지경
순간의 감성이 영겁으로 흘렀다
단소 음률에 벽에 걸린 색채는
아우성으로 춤추며 풀처럼 흔들렸다

저 웃음에 감춰진 아픔
아름다움을 향하는 처절한 몸부림
심장은 벌떡대는데 노을이 곱게 물들고 있다
작가의 평화는 언제 오는가

나비완두차

꽃차 우리며
우러나는 색채 즐기는 오후
보라의 꿈에 빠져가며
잠든 영혼 부스스 깨어나는 눈

눈꺼풀 활짝 열어놓은
부처의 동공 속 우주 유영하며
무채색에 물드는 농염의 행진
보라 보라 보라

꽃차 마시며
액화된 우주가 뱃속에 들어차
신세계 열리며
장엄한 침묵에
암각으로 깊어가는 소리

은하수 출렁대는 별들의 소리
보라의 소리

호랑나비

걷고 있다는 생각도 없었다
피톤치드 향기에 젖어 무한공간을 바라본다
존재하는 것들은 꿈틀거리고
흔들리는 것들은 뿌리가 보이지 않는다
갈 수 없어 오라고 손짓하는 것들
바람이 없으면 손짓도 못 하는 것들
동마루 전망대 극장 관람객이 된다
파랑 하양 파랑 파랑 하양 하양
비천의 날개 되어 소리 없이 흐르고
불줄기 뿜어대며 가는 저것
펴 발린 솜 줄기 서너 장 덮으니
장자의 꿈, 꿈 깨어나고 싶지 않다
눈 뜨면 측은지심 가득한 세상
힘없어 누워있는 사람
북악스카이웨이 동마루에 누워있는 꽃
호랑나비 한 마리가 무한공간에서
훨― 훨―

비둘기 1

떼 지어 우르르 하늘을 비행하고
마로니에 나무에 앉아 구구거리다
밀물처럼 내려와 사람들과 어울렸던
대학로 마로니에 공원에는
이제, 전쟁터가 되었는지
활공의 날갯짓이 보이지 않는다

골목길 가다 작은 흔들림도 없는
의연한 외다리를 보았다
전쟁의 추억으로 잃은 다리 생각하는지
가끔은 이쪽을 빠릿빠릿 바라보다
평화를 모르는 놈이라고 외면하며
두 날개 퍼덕거린다

양쪽 지붕 사이로 쌩쌩한 놈이 황급히 날아와 앉는다
어서 가자, 저놈이 예사롭지 않아
앞장서 날아오르는 놈 따라 퍼더더덕 비상하는

힘찬 날갯짓 아름다운 신랑, 각시
하늘에서는 외다리도 자유롭기에
예사롭지 않은 놈의 눈물이 흐른다

비둘기 2

영원한 안락 이루어
스스로 만든 제국의 왕 되었으니
측은히 보지 말고
평화를 염원하는 눈으로 보라

먹이 찾아 종종종 헤매는 일 없이
안식의 달콤한 영생 되었으니
생명은 죽어서도 거룩하니
산자들은 마땅히 경배해야 하리라

동정의 혀는 차지 말라
눈감고 너희를 보며
쯧쯧쯧
나의 혀 차는 소리 들어라

긴히 부탁하노니
광활한 우주의 자유처럼
환희의 눈으로 나를 보라
나는 왕이니라

⁑ 2부

시나위

빛 품은 노을 번지면 삶의 격정이 요동친다

펄떡거리는 심장은 신선한 아침의 의식이다

빛을 창조한 태양이 노을 거두며 하늘길을 간다

인간의 창조물도 빛이 되기를 간절히 기도한다

누가 선혈 같은 노을 짊어지고 빛으로 하루를 달
리는가

수평선에 걸린 노을의 태양은 허무를 동반하는
장엄함이다

창밖의 달이 들어오면 상처는 푸른 몸으로 쇠북
처럼 흐느낀다

살풀이 춤사위로 펄떡대며 빛 좇아 휘발하는 상
처를 보고 싶다

한 사람

시들어가는 꽃 바라보는
한 사람을 보며
보듬어줄 수 없음에
한 사람이 마음 아파

저기에 두고서 바라만 보는
한 사람을 보며
다가서지 못하는
한 사람이 마음 아파

또 다른 예수를 찾고
또 다른 부처를 찾고
시들어가는 꽃도 흔들리고
피어있는 꽃도 흔들리고

한 사람 마음 쿡쿡 찌르고
한 사람은 여전히 그곳에 있고
저만치 있는 사람은
마냥 바라만 보고

묵언의 눈빛

깊이를 알 수 없는 하늘
멀리 보이는 산봉우리
산책하며 숲으로 들어가는
오솔길 왁자한 이야기는
펼쳐진 묵언으로 나부끼고 있었다
고요히 휘발하는 눈빛에 젖어
걷다 멈추다 앉았다 걷다
잔잔한 호수의 백조처럼 자맥질하며
말 섞었던 왁자지껄의 파문들
쉬고 싶다고 생각했었다
바람의 말에 나뭇잎 끄덕임같이
고독끼리 끄덕이고 싶었다
벼락같이 환해지는 몸뚱어리에
눈빛만 간직하고 싶었다

까망과 하양 사이
– 진흙을 건너는 중*

네 마음은 행복이라고
따뜻하고 포근하여 사랑이라고 하는데
원천原泉의 어둠에 환장하여 진흙밭에 퍼질러 앉아
술 취한 목울음 토하며 한풀이하던 날
낙화하는 별들은 부서져 분홍에 덧칠하였다

슬픔은 이미 시작되었고
밝음이 와도 우주에서 유배된 별들이
네 마음은 어둠의 회색이라고 하였다
그것을 느꼈을 때 슬픔은 울음의 뒤를 따르며
어둠의 회색을 맹수같이 물어뜯었다

비명의 날들이 나비처럼 날아간다
바람 속에 노 젓듯이 소리 없는 날갯짓이다
부서진 별들이 슬그머니 회색을 벗고 있는지
초새벽 가냘픈 빛 잉태하듯이
분홍은 회색 밑바닥에 여명처럼 스며있었다

탱자나무 가시 돋듯 마음의 가시에 찔려
홍매화 만개하듯 붉은 울음 울었다
날카로운 이빨로 술잔 물어뜯는 날에는
날선 발톱으로 하늘 찢으며 시나위 춤 추다가
검은 땀 흐르면 욕실 문을 열었다

화끈한 몸뚱어리 더운 물에 잠기면
피막으로 부유한 어둠이 욕조에서 너울거렸다
밀도 높은 백색의 원형질 증기안개 속에서
내 마음은 행복이고 사랑이라고
회색을 밀며 산통産痛 같은 분홍울음 울었다

*남정화 시집 「미안하다, 마음아」 시인의 말 중에서 인용

푸른 별의 역사는 푸른 글씨로 쓴다

들녘 풀처럼 밟혔다 일어서도
숲의 나뭇잎처럼 바람에 흔들려도
바다처럼 너울대는 나날에도
푸른 하늘 구름처럼 끝없이 흘러가도
푸른 별의 역사에 젖어 역사를 써도
푸른 글씨의 역사가 나에게는 없었다

들녘에서 돌아온 날에도
숲에서 돌아온 날에도
바다에서 돌아온 날에도
나의 글씨는 푸르지 않아
푸른 별의 역사는
푸른 별이 쓰는 대로 내버려 두었다

풀처럼 누웠다 일어나 보고
나뭇잎 흔들리면 몸뚱어리 흔들어보고
바다의 푸른 물 너울대면
너울너울 춤을 추다가
나도 푸른 글씨가 되었다

하루의 역사

하루의 역사를 황혼이 끌고 옵니다
구름은 아침노을 짙어지고
서녘 산마루에서 붉게 물들어 서역으로 갑니다

황혼에 걸린 붉은 노을 바라보며
직선과 곡선 그리다가
모가지 떨굴 때는 촉촉하게 눈 젖을 때도 있습니다

노을은 검게 물들어갑니다
내려오는 어둠에서 하늘 바라보며
두어 개 별이라도 보이면 희망도 생각합니다

밝음도 아니고 어둠도 아닌 곳에서
무의식은 생로병사의 괴로움 씻어주는
허虛가 됩니다

여명처럼 정갈한 의식이 돌아왔을 때
방안에 싱싱한 빛이 가득합니다
하루의 역사가 시작되는 순간입니다

폭우

하늘에 폭포가 있다는 것을 몰랐다
허공이 물속 된다는 것도 몰랐다

내리치는 포효의 물방울은
먹장구름보다 더 크고 날카로운 발톱

자연의 거역이 밀려온 어둠으로
황토밭 같은 누런 물에 생명 묻어가는 길

둥둥 가는 것들
누가 사死의 찬가 출렁이며 부르는가

자연의 생명은 늘푸른 펄럭임
누가 천둥처럼 북을 치는가

사납게 패인 발톱자국에서
다시 살아 일어서는 생명 보러 가자

눈물겹게 살아나는 쇠북 맥놀이 되어
생生의 찬가 둥둥둥 목 터지게 부르며 가자

태풍

– 마이삭에게

힘차게 도는 내 안의 회오리
가열차게 끌어안고 돌아라

억센 몸짓으로 뚫린 구멍마다
샤우팅을 토하게 하라

무심한 직립의 위세에 갈가리 찢기는
폭주의 포효는 공명의 회오리

시퍼런 비명이 채색한 허공의 무늬는
거대하고 위대한 격정이었다

성난 몸짓 고요해질 때는
내 안의 회오리도 고요하게 하라

열대야

팽형 받는 느낌만 있었다
죄인의 사유로 비몽사몽 잠들고
눈 뜨니 떠오른 태양이 몸뚱어리 끓이고
의식은 증발하였다

단세포의 감각만 살아
침잠된 녹조처럼 푸른 어둠만 인식한다
파란 하늘도 시원하다는 생각 없이
무념의 몸짓은 사유의 객관물을 묻어버렸다

대자리에 누운 청량감도 잠시
선풍기 바람에도 몸은 화끈거렸다
떠난 것들 마음 쓰리듯이
살가죽이 쓰리고 따갑다

문득 상쾌한 바람이 팽형 끝낸 날
꿀잠에서 눈뜨니 싱싱한 아침햇살이
의식의 시스템 깨우는 엔진 돌리니
감성의 세포가 분열하기 시작했다

목로 위에 누워 술이 된 사내

세상, 세상, 세상, 휘청휘청 가면서
더럽고 서러워 설움이 되고
출렁출렁 흘러가며 슬픔이 되어
목로 위에 누워 술에 젖은 사내
슬프니
술 퍼라
술술 퍼라
술술술 퍼라
술술술술 퍼라
술술술술술 퍼라

하늘, 하늘, 하늘에 눈 부릅뜨고
고래고래 소리 질러도
가슴에 맺힌 한 풀리지 않아
그래 그런 거야 되뇌는 사내
넘어간다
술 넘어간다

술술 넘어간다
술술술 넘어간다
술술술술 넘어간다
술술술술술 넘어간다

짐, 짐, 짐이 무거워
허공에 세운 허무 같은 깃발
몸에 젖은 주문 중얼대며
목로 위에 누워 술이 된 사내
풀어라
술아 풀어라
술술 풀어라
술술술 풀어라
술술술술 풀어라
술술술술술 풀어라

나는 아방가르드

에즈라파운드의 **뼈**를 딛고 방황하던 시절
모더니즘을 고민하며 보들레르와 말라르메를 마셨지
르네상스의 따뜻함을 밀쳐두고 관습과 전통과 종교에
반기의 깃발 휘날리며 아리에가르드를 추종하다가
죽어버린 것들을 찾아서 아방가르드를 끼고 다녔지
모더니즘이 파멸하고 내 영혼이 부서지고
포스트모더니즘이 부서진 영혼마저 짓밟았을 때
나는 또다시 아방가르드를 찾아야 했었다
고전주의, 낭만주의, 상징주의가 고전으로 묻혀
시대마다 활보했던 찬란한 것들이 퇴색하고
부서진 영혼 짓밟았던 포스트모더니즘도
미래파에 쫓겨 퇴색하였지
나는 다시 르네상스로 돌아가고 싶다
따뜻함으로 무한한 자유를 찾아서
아방가르드를 앞세우고 행진하고 싶다
끊임없는 개혁을 추종하며 외치고 싶다
아방가르드 만세

보릿고개

푸름푸름 뼈아프게 밟혀
보릿대 올라오는
초근목피 봄날은 길어
보리밭은 바람에 출렁이며 울었다

보리홰기 뽑은 아이들
불살라 비벼먹는다고
검은 등 뻐꾸기는 홀딱 벗고 일러도
어른들은 눈감아 주었다

보릿고개 넘어 보리밥 먹고
온가족 보리방구 풍풍거렸다
송기떡 먹고 막힌 똥구멍
엄마가 비녀 뽑아 파낼 일 없었다

산야의 초근목피 찾아 헤 멜 일 없고
먹어도 배고픈 찔레꽃 먹을 일 없고
수챗구멍 시뻘겋게 물들 일 없는
신명나게 보리방아 찧는 소리 들린다

노루궁뎅이버섯

깊은 산골짜기
별 놀다 간 샘물 마시는
궁뎅이 뽀얀 눈 맑은 노루

이 산 저 산 날아온 산새 소리에
머루같이 푸른 꿈 꾸며
나뭇가지 청설모와 같이 달린다

상수리나무에 천국이 있어
숨소리 가쁘게 들어가다
이승에 걸린 뽀얀 궁뎅이

산객 눈에 띄어
족제비처럼 나무에 오른 산객이
써-억 궁뎅이 베어갔다

산책길

봄비 오는 날
낡은 우산 쓰고 산책하는 길

벚꽃 날렸던 봄날은 가고
라일락 피어나는 봄날은 오고
석축 아래 애기똥풀은 노란 마을 만들었다

하늘 오르는 담쟁이 줄기
이파리는 냇가 수양버들처럼
낮은 곳만 바라본다

동토에 숨었던 씨알 파릇파릇
푸른 생명 보슬보슬 잔치 벌리는
촉촉한 봄날

봄 풍경

리틀피플 카페
통유리 창가에 앉아 아메리카노 마신다
테이블 위 맑은 유리컵에 콜레우스 세 줄기
물에 잠긴 실뿌리가 빼곡하다

창밖의 할머니가 끌고 가는 폐지 상자
망망한 세상살이 오그라지고 펴지기도 했던
긴장된 쇠 힘줄의 굽은 등
한 가닥 팽팽한 견인줄이 실뿌리 같다
하늘로 뻗은 뿌리는 막막하고
땅으로 파고드는 뿌리는 고달프다

카페에서 나와 산책하는 천변 길
푸른 생명의 물소리가 반갑다
청둥오리는 흐르는 물 거슬러 올라가고
오리새끼 종종종 어미를 쫓아간다

잠시 머물다 가는 봄볕에서도
구석진 돌 틈 비집고 나온 민들레
울컥, 목메어 젖은 눈으로 바라보는데
포근하고 평화롭다고 방실거린다

.*. 3부

봄의 수채화

바람에 묻어오는
상긋한 체취

산 들내 몸 비벼
푸르러지는 푸름

발자국은 질척이며 흘러가고
엄마 품 떠나는 벚꽃은 펄펄

꽃가지 방울방울
매달린 옹알이

젖은 푸름에 앉은
옹알옹알 빗방울

초록 번져가는
싱싱해지는 봄날

볼 때마다

봄에도 지는 꽃이 있다
피어나는 꽃을 바라보며 지는 꽃은
봄을 이끌고 온 선구자

한 송이 지면 두 송이 피어나고
두 송이 지면 다섯 송이 피어나고
다섯 송이 지면 우르르 피어났다

저만치 두고 보아도 향기롭다
만지면 향기 없이 죽으니
그냥 두고 보라고 말 한다

그냥 지나쳐도 원망하지 않는
꽃은 볼 때마다 활짝 웃는다
바라만 보아도 황홀하고 향기롭다

봄의 노래

앙상한 가지
시린 바람에 울었던 날은 가고
햇살에 몸 비비는 푸름의 합창

뼈 없이 솟는 풀은
푸른 노래 부르며
함께 가는 길

고독끼리
눈물 닦아주며 살겠다고
들지나 산 넘고 강 건너가는 푸름

꽃이 부신 날

한 바퀴 돌아가며 꽃을 보았지요
또 한 바퀴 돌며 보아도
잔잔한 미소만 보여줍니다

자세히 들여다봅니다
슬픔에 젖은 눈물 보이지 않고
맑은 향기로 웃기만 합니다

무뚝뚝하게 등 보이고
당연하게 치부했던 일들이
가슴을 치게 합니다

꽃이 부셔 눈물이 납니다
울지 말라고 꽃이 웁니다
한 몸으로 밤새도록 우리가 울었습니다

꽃을 보면 그립다

멀리서 보면 찬란하고
가까이 보면 황홀하다

모성은 멀리 있으면 그립고
가까이 있으면 포근하다

찬란하여 황홀하고
포근하여 그립다

여인은 꽃 보며 행복해하고
사내는 꽃 보며 모성을 그리워한다

폭탄 되고 싶어

달콤한 꿈 꾸며 잠자고 싶어요
아~ 뜨거워~
누가 나를 뜨겁게 하나요
나의 시련이 거품 물고 죽을 일인가 보네요
내 몸에 타란툴라의 눈이 생기네요
저 유리벽은 또 무엇인 가요
아무 소리도 들리지 않아요

고요히 잠들고 싶어요
나는 점점 열반으로 가는데
거품 물고 열반하기는 싫어요
소원 말하라 하면
새소리로 쪼로롱 날아가
여기저기 터지며 꽃피우는
폭탄 되고 싶다고 말하겠어요

나비와 춤을

나 맴도는 하얀 나비
무릎에 앉아 나접나접
운동화 코에 앉아 나접나접
눈앞에 날아올라 나풀나풀

신기하여 바라보다
설레임 나풀나풀
몽롱히 풀어지는 황홀한 몸뚱어리
나비와 춤추다 풀 베러 나갔다

새참 먹는 비닐하우스에
한 쌍으로 들어와 나를 맴도는 나비
나풀나풀 너울너울
나비춤에 취해 하롱거렸다

고추 호박 따서 들어가니 하얀 나비는 없었다
애틋한 임 작별한 듯 허전하였다
나를 사랑하고 간 것일까
나에게 부처 냄새가 나서 흠향하고 간 것일까

나비의 외사랑

한 송이 꽃에서 날개 접은 나비
꿈속 별들이 쏟아지고
동트는 햇살의 꽃이슬로
마른 목 적시고 갈 길을 서둘렀다

임 찾아가는 허공길
비닐하우스 안에 앉아 있던 사내는
열린 틈으로 날아오는 나비에 무심한데
운동화 코에 앉아 나접거렸다

사내는 여전히 무심한데
나풀나풀 날아올라 사내 한 바퀴 맴돌고
무릎에 앉아 나접나접 날갯짓하다
눈앞에 날아올라 너울거렸다

임 찾아 허위허위 날아왔건만
사랑의 춤 모르는 눈치 없는 사내
애타게 뱅뱅 도는 하소연
임이시여 내 몸짓 읽으소서

봄의 왈츠

하얀 나비
나풀나풀
날아오네

그리웠다고
사랑한다고
나를 맴도네

무릎에 앉아
사랑노래
나접나접

하얀 나비
바라보다
꽃 되었네

가을에는

동그란 열매마다
동그란 마음으로
동그랗게 어우러져
동그란 이야기 만발하는
그런 가을의 열매가 맺었으면 좋겠다

서로의 동그라미 들락거리며
사랑도
정도
함박웃음도
동그라미 속에 가득 채워주는
동그란 가을이면 좋겠다

가을 메시지

차가움 깊어지는 바람에
머플러 휘날리는 시린 날

감당하기 버거운
창공의 푸름이 무겁다

붉은 물 뚝뚝 흘리며 날아오는
갈참나무 이파리 같은 고독

시린 뼈마다 따뜻한 눈뜨며
사랑이 점화되어야 할 방황의 거리

또 하나의 고독이 가슴에 닿아
사랑으로 따뜻하게 피어나라

전해진 묵음 느낌으로 해석한
몸뚱어리에 전율이 일었다

가을밤

붉은 낙엽 날아온

심심산골 초가마당

툇마루 댓돌 위 고무신 두 켤레

달은 휘영청 귀뚜리 우는 소리

가을길

가을길은
낙엽 밟고 가는 거야

눈시울 젖는
고독의 가을잔치 여흥이야

빈 가지 끝에 매달린
마른 나뭇잎하고 춤추는 거야

가을에 매달려 마른 낙엽 밟으며
고독이 고독을 만나 힘내는 거야

떨어지는 낙엽 보며

한 줌 호흡으로 육신 살리며
오감으로 매김하는 삶

향기 없는 사진의 꽃 같은 하루를
세월은 꼬박꼬박 주었다

빈 몸뚱어리 새벽종 치듯이 쳐도
잃어버린 소리는 살아나지 않았다

육신이 세월을 먹은 것인지
세월이 육신을 먹은 것인지

산수 숙제하며 표준전과 해답 보고
답을 적었다 생략

나무가 또 하나의 낙엽을 떨구었다

낙엽의 길

사랑의 속삭임 같은
벗의 다정한 음성 같은
엄마의 사랑 같은
과자봉지 같은
발밑에서 전도되는
포근한 소리

소리샘이 눈물샘에게 보낸 청구서

눈물 한 방울

⁂ 4부

갑갑 답답 확

비에 젖어 미친 듯이 숲속을 헤매고 싶고
눈에 젖어 미끄러지고 뒹굴며 동토가 되고 싶고
물처럼 끝없이 흐르고 싶고
이카루스처럼 하늘을 오르고 싶지

그런 감성이 내면에서 꿈틀거리면
이젤에 캔버스 얹어 감성의 색채 입히지
라운드 붓에 듬뿍 물감 찍어 좍좍 문대고
화폭의 떨림이 느껴질 때까지 두드리고
필버트 붓으로 색채의 흥분을 진정시키지

그런 감성이 내면에서 탈출하고 싶을 때는
그룹사운드의 폭발하는 광기에 젖기도 해
폭풍처럼 터져 나오는 드럼소리
광적으로 내지르는 샤우팅
미친 듯 내달리는 기타의 주행에 올라타지

비 오면 무작정 빗속을 헤매고
눈 오면 종점 없이 싸질러 다녔어
그런 감성을 위로해 주는 것 같아서
그런 감성을 위로받고 싶어서
덮어놓고 확 내질러 버렸어

찬란한 밤하늘

별로 반짝이다 새벽 꽃 되어
향기에 젖어 떨기도 한다

고독한 날들이 쌓인
한 달에 한 번은 만나야 한다

숲 사이 빛줄기도 입어보고
풀 섶 숨은 들꽃도 찾아야 한다

놀이공원 청룡열차도 타고
찻집 통유리 창가에서 차도 마셔야 한다

서로가 그리워한다면
서로의 밤하늘은 찬란하다

기억 뒤지기

눈 떠도 봉분 속 묘혈 같다
오래전부터 지금까지 그렇다
송곳구멍 같은 서너 개 처량한 별
눈 부비며 샅샅이 훑어보아야 보인다

저녁 먹고 올라간 빡빡산
찬란한 어둠은 항시 있었다
황금빛 한줄기 긋는 별똥
또 떨어진다

대청에 찾아든 침묵의 달빛
달빛 밟고 어서 오라고
귀뚜라미 애타게 우는 소리
어제도 들렸다

오대산 적멸보궁 문전에 가로누워 하늘 보았다
사흘 된 각시가 오도카니 내려다보았다
으스름한 경포대 천지는 철썩철썩
북두 꽂힌 어둠 같이 보며 달빛을 걸었다

COVID 19

예전에 감기 걸리면 콩나물국에
고춧가루 한 수저 풀어 먹으면
뚝 떨어졌다
오뉴월 감기는 개도 안 걸린다며
비아냥거리기도 하였다

소독액 질질 흐르도록 뿌리고 닦아도
확진되고 격리되어 입원하고
치료받다 돌아가신 고인의 시신마저 못 보고
화장장에서 건네받는 유골함
확진자 병실 없어 대기하다
응급환자 열 있다고 병원 떠돌다
우르르 죽어나가는 환자들

비대면 업무, 수업, 집회, 입학식, 졸업식,
축하와 추모의 썰렁한 예식장들
추석, 구정에도 고향 부모님 찾아뵙지 못하고
확진 안전문자는 수시로 울려대고

문 닫힌 상가 상점 텅 빈 재래시장
아프다

영업중지 업소 감시 순찰하고
격리 가정 생필품 전달하는 공무원들
폭주하는 택배로 과로사하는 택배원들
음식 배달 라이더의 오토바이는 달리고
거리두기 모임 금지 비대면 칩거로 상실된
따뜻한 체온과 웃음과 사랑과 희망들
절망으로 싹튼 우울이 그물처럼 줄기 뻗은 세상
자비로운 신神은 어디에 있는가

반가운 벗 만나도 공격하듯 주먹 맞대고
냉정한 듯 마스크로 입 막고
원수진 듯 거리 두어 체온마저 없고
마음 편히 식사하고 차 나눌 곳 없어
눈웃음으로 돌아서야만 하는 황량한 시절
마음이 아프다

토요일까지 근무하고 퇴사라고 각시가 말했다
이번 달까지 근무하고 퇴사라고 아들이 말했다
내일부터 나오지 말라고 아르바이트하던 딸이 말했다
대출받아가며 근근이 버텼는데 신용불량자 되어
대출받지 못해 가게 문 닫는다고 아버지가 말했다
우르르 쏟아져 나오는 실직자들
우르르 폐업하는 자영업자들
스스로 살 길 찾는 자 복이 있나니
신神은 한마디 던지고 사라졌다
영혼이 아프다

몽월夢月

밤하늘 낙화하는 별이 불타고
망망히 열려있는 부윰한 꿈속 세상에
부유한 꽃잎처럼 물에 누운 달

고단한 몸에 까맣게 젖어드는
아늑한 꿈속은 아득하여도
영겁의 길은 월야의 설운 길

무한 중천 바람도 꿈을 꾸는지
적막한 무아의 날갯짓으로 날아가는
그저 아득함이다

눈뜨지 마라
눈뜨면 산산이 부서질 안락
구곡간장 태워야 할 세상의 몽夢

슬픔으로 엮어야 할 비련이니
서산 넘어간 꿈길에서도
눈뜨지 마라

아버지

김장철 배추장사로 재미 보시고
다음 해에도 집을 담보하여 빚 내셨습니다
배춧값은 폭락하여
여섯 식구 길바닥에 나앉게 되었을 때
엄동설한에 어린것들 어떻게 하냐며
대성통곡하셨던 아버지
울음바다로 침몰한 무서운 밤이었습니다

밤늦도록 돌아오시지 않는 아버지
자살을 예감하신 어머니는
어린 자식들 다독여 잠재우고
아버지를 기다렸습니다

혼미한 정신으로 방황하시다
한강 다리 위에 계셨었다고
고물거리는 어린 자식들 눈에 어른거려
한강물에 뛰어들지 못했다고
아버지는 말씀하셨습니다

긴장과 불안이 지속되던 어느 날
검찰청에서 소환장 나오자
도살장 끌려가는 소처럼 가셨습니다
온 가족의 하루가 참으로 길었습니다

무죄판결 받으셨다는 밝은 소식으로
저녁 무렵 활기차게 돌아오신 아버지
참으로 포근하고 행복한 밤이었습니다

BTS 아리랑 연곡

외세의 무수한 침략에 맞선 작은 나라
권세의 순종하는 백성
삶의 신음은 유구히 쌓여
한恨으로 생겨난 노래 아리랑
압제의 바람에 굽히고 밟히며
아리랑 노래로 넘어가고 너머 오니
고개이름도 아리랑이라 하였다

허리띠 졸라매도 허기진 삶
달 아래 시름으로 지새우는 밤
날 밝으면 없는 힘 쥐어짜며
지난한 삶 넘어가는 아리랑고개
한恨의 시나위로 출렁이는 눈물
인동초 세월에 아리랑 노래하며
연명해 온 아리랑 백성
아리랑은 꺼지지 않는 백의민족의 혼불

장하다 대한의 건아 방탄소년단

오천 년 시름의 한恨 아리랑을

신명나는 아리랑으로 부활시켰으니

이제 아리랑은 한恨의 노래가 아니다

아리랑 백성이 신명으로 오천 년 가는

환희의 신바람이다

길 4

한 줌의 호흡을 소유했다 버렸다
살아가는 것인지 살아지는 것인지
궁금해하지 말라고 한다
어둠에서도 이정표 하나 올곧게 세워
빛을 안고 발부리 밝혔다고 한다

빗물이 저 홀로 길 찾아가듯이
가슴과 가슴이 낮아져 있을 때
서로의 심장이 따뜻하게 뛴다고
갈 수 없어도 가야만 하는 곳에는
스러지지 말고 끝까지 가야만 한다

하늘 아래 모든 길이 너의 것이니
살아가는 것이라고 길은 누워서 말한다
길도 가다 산 만나면 산에 기대 넘어간다고
쓰레기 굴러다니고 구정물 뒤집어쓰며
수없이 밟혀도 묵묵히 간다고 말한다

어둠이 하늘 지웠다고

말하지 말라
홰치는 수탉의 울음 같은
별들의 외침을 들어 보라

우주에서 날아오는 밝음 입고
새파란 하늘 폐부에 가득 채워
가을의 파노라마 속으로 들어가라

무한 천공 하얀 구름으로
간절히 소원했던 노래 부르며
강물에 배 가듯이 바람에 누워 흘러라

밝음 벗기는 어둠의 횡포에
등불 없이도 가는 길 있으니
어둠이 하늘 지웠다고 슬퍼하지 말라

곤여 坤與

모든 사랑이 떠난 것 같아 외로웠습니다

길 가며 무심히 뱉어내던 침이나

평생 밟아댔던 발마저도

끝없는 사랑으로 받들어준

당신의 사랑을 까맣게 몰랐습니다

산을 놓아 겸손을 배우게 하고

물은 채워서 지혜를 구하게 하고

죽음마저 보듬어 주는 사랑

하늘은 무심해도

당신은 무심하지 않다는 것을 알았습니다

욕심으로 오염된 몸뚱어리

사랑으로 받들어주는 당신과

한 몸 되는 날에 용서를 구하겠습니다

흙

한줌 흙에도 혼이 있나니
그것으로 생명 있나니
그 생명 한줌 흙으로 돌아가고 있나니
한줌 흙이라 무시하지 말라

대지 딛고 뿌리내려
꽃 피우는 생명도
한줌 흙에서 비롯되나니
죽음도 포용 하나니

한줌 흙에도 세월 이기는
흙의 기상은 낮아도 높아
영원히 존재하는 불멸 있으니
본능의 모든 자는 무시하지 말라

흙의 선한 심성 무궁무극 하나니
밟혀도 굴욕이라 하지 않나니
밟은 자 받들어 세우나니
한줌 흙이라 무시하지 말라

규정명제規定命題

고뇌와 결의와 맹세로 고군분투하며
권력, 명예, 돈, 애국, 정의, 의리, 우정, 사랑
이런 것들로 희로애락 맴돌며
공연히 세월만 축냈다

세상적인 것에는 답이 없어
진리를 찾겠다고 방황하며
밤 지새우는 수많은 날 보내고
늙어버린 지금은 병들어 죽는 일만 남았다

보이는 것들과 보이지 않는 것들
움직이는 것들과 붙박인 것들
느낌과 생각 어둠과 빛 그리고 색채
이런 것들이 진리였다

나는 허허로운 무한시공無限時空
허공이 된 객관물 하나가
세상 끌어안고
밤이 되고 낮이 되고 바람이 된다

생일

부모님이 나에게 선물한 세월을
세월이 빼앗아 가고 있어

살아가며 울고 웃고 했는데
세월을 뺏겼다고 그런 것은 아니었어

삶의 향기 상실한 적막처럼
세월은 향기 없는 그림의 꽃이었어

세월은 소리 없는 침묵이어서
그냥 세월이 무심하다고 말했어

허공은 세월을 바라만 보았고
나는 촛불 끄고 케이크를 잘랐어

겨울나무

어둠 벗은 자화상 늘어진 서쪽
앙상한 나뭇가지에 까치가 앉는다

빈 몸 흔들리며 떠나는 아침
허공에는 흔들린 흔적이 없다

서녘으로 꾸역꾸역 들어가는 밝음은
노을로 머무르다 어둠을 데리고 온다

푸른 별빛이 빗줄기 되어
파릇한 음모 몸 안에 쌓고 있는 밤

바람에 뒹굴다 동토에 흡착된 퇴색한 낙엽이
약속 담은 엽서같이 밝게 보인다

휘몰아치는 바람에 몸 부비며 물어도
묻어오는 한 줄 봄소식이 없다

눈雪물은 강처럼 흘러 저승의 경계를 넘는

부활의 봄으로 눈眼뜨러 간다

회자정리

세월이 주름의 골을 파니

만단시름 읊조리는

촛불 밝힌 밤

살아가는 수고 끝내고 돌아보니

사는 게 별거더냐

웃음만 나오더라

시간의 법칙 파괴한 죽음에

마음 하나 놓고 간다

시나위 선율의 열정과 유유자적

시나위 선율의 열정과 유유자적

이민숙 | 시인·샘뿔인문학연구소장

1. 무의식의 에너지, 의식의 빛

한 사람이 시를 통하여 내뱉는 언어 속에서는 얼마만큼의 의식과 무의식이 충돌했을까. 시적 언어들은 이미 그 영역을 건너뛰어 좌충우돌 세상을 색칠하고 있다고 말해야 하리라. '푸름'의 하룻날은 깊은 화두가 되고 생명이 되고 그리움이 되어 그의 무의식을 펼치며 다가선다. 시인의 푸름이란 그러나 단순한 어떤 색채의 한 영역이 아니다. 색즉시공 공즉시색의 그 '색色'과 '공空' 전부를 가리키며 "당신의 계절에도 백화만발하기를"(「시인의 말」 부분) 바란다고 한다. 이제 더 이상 물러설 자리가 없다. 그 꽃자리의 무의식 속으로 다가가 들려주는 시어의 색이고도 공인 하룻날을 만나봐야겠다. 하룻날은 기어이 수많은 밤낮의 희로애락일 테니까.

"무의식에는 의식의 빛이 필요하고 의식에는 무의식의 에너지가 필요한데, 그 상호교환을 가능하게 하는 게 글쓰기다." 일

찍이 시인 이성복은 그의 저서 『무한화서』에서 수없이 많은 글쓰기의 핵심을 거의 파도치듯 출렁거리며 언급했다. 시인 박병대의 시에 드러나는 그 의식과 무의식의 열매들에게 다가가면 빛과 에너지가 우주의 블랙홀을 통과하며 향기로운 색들을 끌어들여 생애의 노을빛으로 시인을 그윽하게 걷게 했다는 걸 느낄 수 있다. 그야말로 향연이다. 시는 우리에게 명사가 아닌 만물의 형용사로 동사로 걸쭉한 노래로 오감을 자극해오고 있는 것이다.

"무릇 모양을 가진 것은 모두 덧없다. 우리가 모양이 모양 아님을 볼 때 부처를 본다"(『금강경』)는 말이 있다. 보이는 것, 들리는 것, 냄새, 촉감, 맛 등 그 모든 것들은 무엇인가? 하늘은 푸르다. 출렁이는 대자연의 이미지는 우리에게 무엇인가? 시인에게 영감을 준 그 모든 사물은 그의 오감을 통하여 시어로 바뀌었을 것이나 언어의 몸체가 그의 영혼이나 감각을 다 구현할 수 있을까? 시의 곳간은 부족한 듯 꽉 찬 듯 그 물음을 오히려 독자에게 되묻고 있다.

반달의 춤으로 나풀나풀
대낮의 환한 눈부심에 붉은 마음 피어
– 「양귀비」 부분

붉음이란 색의 중심이다. 그 중심엔 사랑과 환희와 열정과 삶의 뜨거움이 있다. 화자의 시어가 자리한 그 꽃빛 붉은 마음은 지금, 그의 청춘을 불러와 반달의 춤으로 나풀거린다. 초승달 지나 상현달, 아직은 보름달 아닌 반달 하현달은 아닐 성 싶은, 그 시점을 시적 주체는 춤으로 보여주고 있다. 양귀비가 놓인 자리엔 분명 세상의 색채 중 가장 요염한 정염이 끓어올랐을 것이다. 그 사랑의 춤은 어느덧 반달로 세분화되었으나 그 달빛은 그윽하게 우리를 비추며 손짓한다. 달빛 아래 피어난 붉고 뜨거운 꽃을 잊지 말라고.

> 부처의 동공 속 우주 유영하며
> 무채색에 물드는 농염의 행진
> 보라 보라 보라
> ─「나비완두차」 부분

푸름과 빨강, 그 혼합의 색이 보라다. 어느 날 나비완두차를 한 잔 우려 놓고 화자는 스스로 부처의 그윽한 동공을 그려본다. 보는 듯 듣는 듯 기억하는 듯 망각해버린 듯, 그러나 결국 그 나비완두차는 무채색을 바꾸는, 빨강도 아닌 푸름도 아닌 더 먼 먼 구도의 색인 듯 보라가 된다. 나비완두차는 달을 가리키는 손가락인가? 그 '농염의 행진'은 왜 빨강을 비켜 순간에 파랑을 비켜 '보라'가 되었단 말인가? 화자는 그리하여 스스로에게 부재한 '푸름의 세계'를 인식하고 만다. 그 수수께끼의 시어들은 한없이 욕망했던 '푸름의 세계'가 아니고 무엇이란 말인가? 끝내 그 어

편 통사通史의 세계를 시어로 선택한 고집을 이제야 알 것 같기
도 하다. '푸른 별의 역사'와 '나의 역사'는 어느덧 서로의 가슴으
로부터 '푸른 글씨'로 합일되었고 한 깨달음의 시어를 내뱉고 말
았으니……. 보라와 푸름의 단순 파격 '모양도 아니고 색도 아니
고 덧없는 삶의 하루'가 이 시를 견인한다.

들녘 풀처럼 밟혔다 일어서도
숲의 나뭇잎처럼 바람에 흔들려도
바다처럼 너울대는 나날에도
푸른 하늘 구름처럼 끝없이 흘러가도
푸른 별의 역사에 젖어 역사를 써도
푸른 글씨의 역사가 나에게는 없었다

들녘에서 돌아온 날에도
숲에서 돌아온 날에도
바다에서 돌아온 날에도
나의 글씨는 푸르지 않아
푸른 별의 역사는
푸른 별이 쓰는 대로 내버려 두었다

풀처럼 누웠다 일어나 보고
나뭇잎 흔들리면 몸뚱어리 흔들어보고
바다의 푸른 물 너울대면
너울너울 춤을 추다가
나도 푸른 글씨가 되었다
— 「푸른 별의 역사는 푸른 글씨로 쓴다」 전문

앙상한 가지
시린 바람에 울었던 날은 가고
햇살에 몸 비비는 푸름의 합창

뼈 없이 솟는 풀은
푸른 노래 부르며
함께 가는 길

고독끼리
눈물 닦아주며 살겠다고
들지나 산 넘고 강 건너가는 푸름
  - 「봄의 노래」 전문

　봄이란 세월은 '햇살에 몸 비비는 푸름의 합창'이며 '푸른 노래 부르며/ 함께 가는 길'이며 '고독끼리/ 눈물 닦아주며 살겠'다고, '들 지나 산 넘고 강 건너가는 푸름'이라고 노래한다. 유장한 푸름의 노래는 절뚝거리던 겨울의 강물을 풀어놓고 생의 상처를 더듬어 위로한다. 그러므로 여전히 영혼의 더듬이인 언어는 삶의 자리를 섣불리 비켜서려 하지 않는다. 오감으로는 확인되지 않은 그 세계는 어디에 존재한다는 걸까. 그냥, 이 시공간 속에서 부대끼는 중생의 삶이라면 서서히 더 옹골진 그의 시어나 만나러 가자. 시인은 오래 노래하는 현존의 존재일 뿐.

2. 정릉의 노래

시는 동물이면서 형이상학적인 디엔에이를 운명으로 받아 살아가는 인간의 혼이며 몸이다. 하늘이며 땅이다. 사랑이며 이별이며 역사며 시인이 쓴 글이기 이전에 삶이라는 난장에서 펄떡거리는 필부필녀가 쓴 '사무사思無邪'한 글이 시라고 했다. 시경에는 선남선녀의 사랑의 노래모음으로 가득하다. 열녀들의 애틋한 그리움 끝없는 그리움, 그런 뜻에서 공자는 시를 더 맑고도더 지순한 한 영역에 놓아 두어라고 한 듯하다.

시는 역설의 총화다. 뿌리는 진흙탕 깊은 곳에서 놓여날 수 없되 꽃잎은 그 어떤 기교로도 재생하기 어려운 언어 이전의, 색채이전의 열락의 빛 그 자체인 것이다. 시의 뿌리가 놓인 또 다른영역은 유년이다. 어린 시절 살았던 그 어떤 시공간도 시의 몸을구성하는 요소의 으뜸 자리를 내어주지 않는다. 시어에 깃든 눈빛, 그 냄새, 그 페르소나, 그 조각조각 빛나는 파편들의 부딪힘, 만상萬象의 객관적 상관물 속에 숨어 숨바꼭질을 즐기는 언어의 유희야말로 그가 성장하며 뇌세포 속에 각인된 유년의 사탕들인 것이다. 달콤한 사탕, 쓰디쓴 사탕, 비릿한 사탕, 한 번도 못먹어서 기억 속에만 처박힌 결핍의 사탕들이 어떻게 놀고 있는지 우리는 서울의 한 동네 정릉을 비켜가기 어렵게 생겼다. 시인은 실제로 2021년에 『정릉마을』이라는 서사집을 통해 자신의정체성인 정릉을 재조명했다. 개인 삶의 역사로서의 정릉, 조선으로부터 유유히 흘러온 통사적 역사로서의 정릉, 세계문화유산으로 등재된 세계적인 시공간 정릉인 셈이다.

정릉 마당은 햇빛 없는 밝음이었다
날아온 까치 촐싹대며 꽁지깃 까딱거리고
태풍 지나간 잠든 바람에 단잠 자는 나뭇잎
왕사王沙의 신음이 발밑에서 뿌드득거린다
서넛의 여인네 웃음소리 봉분으로 날아가니
외로운 신덕왕후 번쩍 눈뜨는 소리가 났다

돌아앉아 교교히 흘러 낙차하는 도랑물 바라보니
가는 길 묻지도 않고 하는 이야기
귀 기울이니 낮은 사랑을 하라고 한다
낮은 생명 보듬고 맑은 숨 쉬라고 한다
슬퍼지면 저처럼 노래하라고 한다
평생의 부끄러움이 도랑물처럼 밀려왔다

도랑 건너편 석벽에 눈 맞추니
돌 위에 앉은 돌이 윗돌 받침 되어
받침이 받침으로 결속된 돌들은
형이상학과 형이하학을 한 몸에 지닌
아름다운 믿음과 신뢰의 인드라망이었다
발아래 개미는 어디론가 가고 있었다
　　－「정릉」 전문

6.25 때 부모님 등에 업힌 4살 아기가 와서 지금까지 66년 동안 살고 있는 곳, 도대체 시편들 속의 '정릉'에 대해 더 무엇을 덧

붙일까마는 몸과 시가 한통속으로 기억하는 그 오랜 시간들을 여기에 도돌이표 삼아 이야기하고 싶어지는 것은, 그곳이 신덕 황후라는 역사적 인물 때문에 세계문화유산에 등재된 이유 때문만은 아닐 것이다. '낮은 사랑'을 하라고 속살거리는 정릉의 물줄기, '낮은 생명 보듬고 맑은 숨 쉬라'고 하는 물보라, '평생의 부끄러움'을 밀어 올리는 도랑물, 그러나 그 건너 석벽의 돌들은 '돌 위에 앉은 돌이 윗돌 받침 되어' '믿음과 신뢰의 인드라망이었다'고 노래한다. 이제 그만 그 돌들의 인드라망인 생에 긍정해야 하리. 육십갑자 살아온 땅과 물과 돌에게 화자는 삶의 고뇌를 맡기려고 하는 듯하다. 이렇듯 시어 속에는 짧고도 길고도 투박한 삶을 견지해온 시인의 믿는 마음이 깃들어 있는 것이다. 그것은 정처定處 있음과 정처 없음을 싣고 흘러가는 정릉의 물줄기를 오로지 몸과 맘에 무량하게 받아들인 그 사무사思無邪 아닐까 싶은 것이다.

　　너덜겅 물길 낙차 하는 곳마다 몸 보시하여
　　허공에는 생명 살리겠다는 물 몸의 아우성
　　물줄기 음성은 저마다 다르고
　　부유하여 합체된 소리는 한 소리다
　　낙차 하는 곳마다 멈추어
　　보며 듣고 눈감고 들으며
　　물소리와 함께 날갯짓한다

　　정릉천 생명의 하모니

싸르르 꿀럭 꿀꾸럭 꿀럭꿀럭 꿀꾸럭 꾸르럭 꿀꿀꿀

조르르 졸럭 졸졸 조르럭졸럭 조르랑 졸졸 졸럭졸럭

졸락졸락 졸졸졸 조르락 올랑졸랑 졸졸 조르락 졸락

조르랑 졸졸 졸랑왈랑 와라랑 왈랑 올랑졸랑 조르랑

꼬르르 꼬륵 꼴렁꼴렁 꼬르렁 꼴꼴 올랑올랑 오르랑

싸아아 쏼락쏼락 쏴라락 쏴아 꼴락올락 쏴라락 쏴아

조르릉 조렁조릉 졸렁졸랑 조르렁 올랑 졸랑 조르락

꾸르르 꾸르럭꿀럭 꾸르럭 꿀꿀꿀 꾸르르 꿀럭 꿀럭

둠벙에서 잉어가 유유하다
물에 앉은 노을은 저물어 가는데
이끼 앉은 바위는 오고 가는 물에 무심하다
무심히 솟은 인수봉이 무심하듯이
유심한 것 같아도 자세히 보면 무심인 것을
무심한 세상은 무심하게 보더라도
생명 살리는 아우성에는 아우성이 되어야 한다
―「정릉 1」 전문

정릉천의 아우성이 들리는가. 참 우렁차고도 귀엽고도 사랑
스럽고도 디오니소스적이다. 목젖을 타고 넘어가는 시래기 된
장국의 구수한 소리 같기도 하고 가물었던 봄날 귀한 빗방울들

의 합창인 듯도 하다. 그 합창은 저 북한산 꼭대기에 떨어진 빗줄기가 던져준 온갖 악기들의 하모니가 한꺼번에 몸 던져 쏟아지는 아름다운 소리의 몸짓이리라. 이유가 없다. 그 소리는 단지 '생명 살리겠다는 물 몸의 아우성'이다. 서울의 정기 북한산, 북한산의 기운을 가득 받아안고 흐르는 정릉천이 내지르는 아우성을 시인은 하루도 빠짐없이 들었을 터! 그 물몸이 시의 영혼을 만들었다고 한들 과언이라 할 수 없을 것이다. 물이란 무엇인가. 상선약수上善若水 한 마디가 언어의 결핍을 다 끌어안고 마음을 밝히고 온다.

'쏴아아 쏼락쏼락 쏴라락 쏴아 꼴락올락 쏴라락 쏴아'

'조르릉 조령조릉 졸렁졸랑 조르렁 올랑 졸랑 조르락'

'꾸르르 꾸르럭꿀럭 꾸르럭 꿀꿀꿀 꾸르르 꿀럭 꿀럭'

뭐라고 받아 적었던들 저 언어들의 날갯짓을 두고 백 가지의 흉내를 낼 수 있을 것인가. 백화만발! 그의 은근한 청탁을 들어줄 수밖에 없겠다. 가슴에 물보라가 피고 파노라마처럼 인생은 '둠벙에서 유유히 놀이하는 잉어'처럼 '유심한 것 같아도 자세히 보면 무심인 것'을 '무심한 세상은 무심하게 보더라도' 또 한 번의 '유심' '생명 살리는 아우성'의 천 마디 물소리에 또 다른 '정릉천의 상선약수' 되어 흘러가야 할 것도 같은 것이다. 시의 운율이 저토록 유장할 수 있는 이유는 물에게 물어봐야겠다. 물과 생명의 그 본질을 시적주체는 귀에 대고 살아왔던 것이다. 소리는 우리 몸이나 기계적 음향으로부터 유래한 것이 아니라 바로 물의 속살로부터이며 감각세포의 전영역을 주체적으로 관장해 왔다고 주장하고 있는 것이다.

> 북한산 계곡 향하는 너덜겅 천변길
> 찾아가 다가서야 우리라는 색깔이 입혀진다
> 지천에 돌멩이만 옹기종기 모여 있는 것은 아니다
> 잘망잘망 모여앉아 얼굴 내민 파릇한 풀
> 서로 기대야 살 수 있음을 알고 있다
> 참새, 오리, 쇠백로, 직박구리, 고양이, 버들치
> 무릉도원 복사꽃 날리듯 보내는 한 때
> 물줄기 거슬러 오르는 시궁쥐 한 마리
> 도둑걸음하는 고양이 몸짓이 조심스럽다
> 유영하는 버들치배래기 반짝이고
> 정릉천 따라 오르내리는 오리
> 부리방아 찧으며 버들치 잡으니 사찰의 범종이 운다
> 육보시로 사는 생명의 자맥질에
> 파노라마 동심원이 범종 맥놀이 하듯 퍼져간다
> – 「정릉천 2」 전문

정릉천은 물과 소리와 인간이 얻어들은 언어적 영역에서 끝나는 것은 아니다. 시적주체는 또 한 편의 「정릉천」 시를 통하여 그 안에서 자맥질하는 생명의 원형들을 불러낸다. 그 인드라망의 구성원들은 자신의 몸도 내어주는 육보시의 현현들이다. 무엇이 무엇을 위하여 있다는 것은 하찮은 소유적 관념이 아니겠는가. 그 존재들은 마냥 흘러갈 뿐. 흐르는 존재에게서 색은 무엇인가. 공의 또 다른 역설을 글로 써서 드러낼 필요는 없어 보인다. "… 동심원이 범종 맥놀이 하듯 퍼져간다" 한 형태도 없이 존재하는 동그라미의 존재적 파닥임, 정릉천의 하룻날 법열이다. 오리도 버들치도 고양이도 시궁쥐도 마냥 무릉도원이다. 영락없는 시인의 어린시절이 그려지는 시이다. 아니 지금도 그러한 동심원 속에서 정릉천변을 거닐고 있을 어느 한 텅 빈 인생을 떠올리게 하는 시어들이다. 정겹고 따사롭고 여유롭다.

3. 삶의 인식, 낙타라는 진정성

인간 박병대, 그의 삶을 들려주었던 나긋나긋한 음성이 되살아나는 것도 같고, 낙타가 걸어가고 있는 열사의 모래밭이 오버랩되고 있는 것도 같다. '같다'라는 비낌의 언표 속에는 그것이 전부일까? 하는 글쓴이의 동류 의식적 부정 또는 긍정의 노을빛 아쉬움이 있다고도 보여진다. 아쉬운 만큼 언어들은 달을 가리키는 손가락의 언저리를 걸어가야 하는 것일까? 니체가 말한 낙타와 사자 그리고 어린아이의 긍정을 그리워하며 '낙타'를 통한 시적화자의 고백을 들여다본다.

덩치는 커도 싸울 수 있는 무기 없어
포식자 피해 허둥지둥 도망하는 것이
생명보존의 유일한 방어였다
순한 초식동물은 전쟁을 싫어하여
평화의 땅 찾아 모래바람 불어오는
건조한 열사의 사막에 가야만 했다

극심한 더위와 추위를 이겨내며
살기 위해 가시 돋친 식물 먹어야 했고
물 찾아 여러 날 헤매야 했고
눈과 코에 날아드는 모래 막아야 했고
덥고 추울 때 맞춰 체온 조절하며
먹지 않고 많은 날 걷는 지구력도 있어야 했다

극기로 진화하여 정복한 사막은
달릴 수 있어도 걸어야 산다고
어슬렁 넘어가는 모래언덕에서
순한 모습의 인간을 만나
평화롭고 평등하게 살 수 있겠다고 믿었다

짐 지우면 짐을 지고
올라타면 등에 태워 사막 건너는
노예임에도 노예인 줄 몰랐고
젖 짜면 젖 주고
오줌 받으면 오줌 주고
마른 똥 걷어 가면 똥 싸주고

고기, 가죽, 털마저 모두 주는
가축임에도 가축인 줄 몰랐다
－「낙타」 전문

한순간 부여된, 아니 여러 겹의 윤회를 따라 들어온 이 지구라는 난장, 여러 장막을 들추면 거기 낙타가 보인다. 생명은 거룩하되 치욕스럽고 생명은 순진하되 길들여진 가축이고 생명은 평등하되 가난은 햇볕 들지 않는 그늘의 차갑고 어두운 부조리의 사막이다. "혼미한 정신으로 방황하시다/한강 다리 위에 계셨었다고/ 고물거리는 어린 자식들 눈에 어른거려/ 한강물에 뛰어들지 못했다고"(「아버지」 부분)

그러한 유년의 아이는 사자의 눈빛이 되어 살아왔을까? 그러나 시 쓰는 사자는 가능치 않은 상상일 뿐, 자기고백을 통해 천진한 아이의 눈빛을 보여주고 있는 것만이 한 현상성일 터. 삶에 대한 진솔한 시어들이 시를 구성하는 진정성이라고 설명할 필요는 없어 보인다.

"살기 위해 가시 돋친 식물 먹어야" 했고, "물 찾아 여러 날 헤매야" 했으며 "눈과 코에 날아드는 모래 막아야" 했다. 그렇게 사막은 걷고 또 걷는 "지구력" 시험장이었다. 온전한 건 살아온 길의 고통이다. 고통은 고통을 낳지 않고 에너지를 생산한다. 지구력은 사막의 길을 따라 '진화'를 예감하게 한다. 삶이란 '진화'를 서로에게 선물할 수 있을 때 '어린아이'의 순수로 되돌아갈 수 있으리라. 시인 박병대의 선물은 또 한 일상의 장면으로부터 온다.

전기톱에 요란하게 잘려나갈 때
혼절의 비명으로 잠든 아픔
서로 기대어 동병상련하자고 모셔왔다

벌레가 뚫고 들어간 구멍도 여기저기
몸 안에 들여 육보시 설법으로 키웠던 생명은
아이의 천진한 웃음소리였을 것이다

결 지은 수피 벗기며 푸른 세월로 가자고
새 생명 만들어가니 황톳빛 속껍데기는 휘황하여
동굴 속 면벽수도하는 고승의 속내 같았다

드러난 속살에 깊이 박힌 멍은
오래 하는 사포질에도 지워지지 않는
마음의 자화상이었다

허공에서 몸 접어 낮은 곳 향하던
아픔덩어리의 당찬 몸말이
환생한 지상에서 아픔의 형상이 되었다
– 「적송 괴목을 다듬으며」 전문

사진으로 보여준 적송 괴목은 이미 '아픔의 형상'도 '멍'도 아니었다. '벌레가 뚫고 들어간 구멍'도 없는 한 고요한 '고승'의 모습처럼 적요가 흐른다고 할 법한 아름다운 예술품이었다. 그러나 그 인연은 남달랐지 않았나 싶다. 나무로서의 생명이 다하는 순간 '혼절의 비명'에 기대어 '동병상련'을 떠올린다는 것도 '마음의 자화상'을 그렸다는 것도 생명에 대한 지극한 합일점 하나 탄생시키려한 지아비 마음 아니겠는가. 그 순간부터 영원에 이르도록 사포질하고 들여다보고 만지고 우러렀을 한 눈빛을 상상한다. 그러면서 고백한다. '아픔덩어리의 당찬 몸말'이 '환생한 지상'으로부터 '아픔의 형상'이 되었다고. 그 '아픔'이야말로 사랑의 길이요 사라지지 않는 어린아이의 시절을 앞당긴 축복이라고 할만하다.

스스로가 만들어 걸어가는 축복의 길이야말로 손가락을 넘어서는 '달'의 골짜기, 노자가 말했던 "지기웅知基雄 수기자守基雌 위천하계爲天下谿" "그 수컷됨을 알면서도 그 암컷됨을 지키면 천하의 계곡이 된다."라 했던 말이 급히 떠오르는 시간이다. 그리하여 "복귀어영아復歸於嬰兒" "그리하면 다시 갓난아기로 되돌아간다"라는 말, 자연스러운 귀결이라고 생각된다.

낙타로부터 아이가 되고자 하는 삶의 길을 축복했던 니체나, 암컷 '고통의 통나무 순간'을 끌어안아 수컷됨의 삶을 살고자 한 시인의 '모심'의 날들은 우연하게 닮은 게 아니라 내면의 필연을 꽃 피우는 시어들임을 확인하는 기쁨이 청자에게 온 행운이라고 말하고 싶다. 지금도 귓바퀴를 간질이는 사포 소리, 그리고 끝내 사랑스러울 적송 괴목의 모습을 선물 받는다.

4. 은은하며 유유자적한 시인의 길, 시나위

시인이야말로 광대라 했다. 무슨 이유가 있겠는가. 그건 '삶의 격정'이요 '펄떡거리는 심장'이며 '간절한 기도'다. 누구를 향해 있건 태양과 바다와 달빛과 노을빛을 망라한 총체의 화신인 시다. 시나위인 탓에 선율의 빛이 세상을 비춘다. 가슴을 풀어헤친 화자의 몸짓을 보라. '선혈'이다. '쇠북의 흐느낌'이다. 그 결론은 '휘발하는 상처'다. 가슴속 언어의 열정으로 드리워진 시나위 한 가락이 세상을 향해 유유히 퍼진다. 햇살과 날개가 한통속이다. 날고자 하나 날 수 없는 인간에게는 그리하여 시의 날개가 주어진 것 아닌가. 더욱 큰 시적 성취를 넘어선 삶의 평화를 향하여 날갯짓하는 박병대 시인의 미래에 갓 피어난 동백의 미소를 보낸다. 붉고도 찬란하게 동백이 피기 시작한 계절이다. 시나위 선율 따라 곧 만개할 것이다.

빛 품은 노을 번지면 삶의 격정이 요동친다

펄떡거리는 심장은 신선한 아침의 의식이다

빛을 창조한 태양이 노을 거두며 하늘길을 간다

인간의 창조물도 빛이 되기를 간절히 기도한다

누가 선혈 같은 노을 짊어지고 빛으로 하루를 달리는가

수평선에 걸린 노을의 태양은 허무를 동반하는 장엄함이다

창밖의 달이 들어오면 상처는 푸른 몸으로 쇠북처럼 흐느낀다

살풀이 춤사위로 펄떡대며 빛 좇아 휘발하는 상처를 보고 싶다
- 「시나위」 전문

불교문예시인선 • 046

푸른 별의 역사는 푸른 글씨로 쓴다
ⓒ박병대, 2022, Printed in Seoul, Korea

초판 1쇄 인쇄 | 2022년 03월 10일
초판 1쇄 발행 | 2022년 03월 15일

지은이 | 박병대
펴낸이 | 문병구
편집인 | 이석정
편   집 | 구름나무
디자인 | 쏠트라인saltline
펴낸곳 | 불교문예출판부

등록번호 | 제312-2005-000016호(2005년 6월 27일)
주   소 | 03656 서울시 서대문구 가좌로2길 50
전화번호 | 02) 308-9520
전자우편 | bulmoonye@hanmail.net

ISBN : 978-89-97276-61-5 (03810)
값 : 10,000원